野草

鲁迅自评版作品集

鲁迅 著 刘增人 编纂

济南出版社

图书在版编目（CIP）数据

野草 / 鲁迅著；刘增人编纂 . -- 济南：济南出版
社，2025. 3. --（鲁迅自评版作品集）. -- ISBN 978-7-
5488-6940-5

Ⅰ. I210.5

中国国家版本馆 CIP 数据核字第 2025Q5U673 号

出 版 人　谢金岭
出版统筹　刘秋娜
责任编辑　刘秋娜
装帧设计　牛　钧

出版发行　济南出版社
地　　址　山东省济南市二环南路 1 号（250002）
编 辑 部　（0531）82774073
发行电话　（0531）67817923 / 86018273 / 86131701 / 86922073
印　　刷　山东临沂新华印刷物流集团有限责任公司
版　　次　2025 年 3 月第 1 版
印　　次　2025 年 3 月第 1 次印刷
开　　本　145mm×210mm　32 开
印　　张　3.625
字　　数　57 千字
书　　号　ISBN 978-7-5488-6940-5
定　　价　19.00 元

如有印装质量问题 请与出版社出版部联系调换
电话：0531-86131736

编纂缘起

一

2024年1月，济南出版社邀请我为出版名家经典方面的选题出谋划策。3月中旬，在济南出版社召开的一次小型座谈会上，我提出了两个选题建议，其中之一是中国现代文学名家自评书系。现在看到的"鲁迅自评版作品集"就是自评书系的第一种。

谁来编纂这套关于鲁迅作品的书？第一时间我想到刘增人老师（以下简称"刘老师"）。1978年3月，作为77级学生，我听到的第一个学术报告就是关于鲁迅的，而报告人正是刘老师。1979年，第一次读到书新老师编写的学术著作《鲁迅生平自述辑要》，作者之一也是刘老师。1980年，偶然翻阅《中国现代文学研究丛刊》时，惊喜地看到了刘老师的论文《鲁迅日记中的冯雪峰》。1981年，第一次旁听学术研讨会，是暑期在青岛举行的山东省纪念鲁迅诞辰100周年学术讨论会，刘老师的发言在会上产生了良好的反响……我对鲁迅的学术认知是刘老师启蒙的。此后，我经常读到刘老师在《鲁迅研究》、《鲁迅研究月刊》（前身为《鲁迅研究动态》）、《山东师范大学学报》等刊物上发表的研究《呐喊》《彷徨》《故事新编》及鲁迅人格范型的系列学术论文，对他的鲁迅研究更加敬佩。后来得知刘老师被人民文学出版社聘为新版（即2005年版）《鲁迅全集》修订编辑委员会委员，主要负责新版第四卷的修订编辑工作。他与冯光廉教授、谭桂林教授合作出版的《多维视野中的鲁迅》获得山东省社会科学优秀成果奖一等奖。他还负责组建了据说是国内第一个鲁迅研究中心，并担任主任。每年一部的《鲁迅研究年鉴》由刘老师与郑欣淼、孙郁主编。从《2003年鲁迅研究论文综述》到《2014年鲁迅研究述评》《2014年鲁迅研究中的热点和亮点》，每年都有刘老师与崔云伟合作的鲁迅研究之研究的论文发表……因此，我举贤不避"亲"，向出版社郑重推荐，请刘老师编纂这套关于鲁迅作品的书，书原名为"鲁迅创作自评书系"。

出版社同意后，我征求了刘老师的意见。刘老师愉快地答应了，并且很快发来这套书的初步设想：

鲁迅先生是中国现代伟大的作家与思想家，他的文学创作是中国百余年来宝贵的精神财富。阅读与研究鲁迅的文学作品，是中国读书界与学术界永恒的事业，是永不凋谢的心灵之花。而鲁迅对自己文学创作的评价与反顾，则是我们后辈深入理解鲁迅文学创作最便捷、最可信的途径。

为此，我们为广大读者和研究者提供这一"鲁迅创作自评书系"，希望给愿意对鲁迅文学创作登堂入室直探辉煌的同行者提供必备的钥匙和路灯！其中有鲁迅对自我创作历程或欣喜或悲悯的回顾，有对同行挚友的感戴与敬仰，有对时代背景的真知灼见与深情缕述，有对文坛宵小的嘲讽，有对"党国"检察官卑劣手法与心态的揭露……文章千古事，得失寸心知！我们将以这样一套书系，与您一路攀登，一路收获，一路欣悦！

本书系拟编为18册，即《呐喊》《彷徨》《故事新编》《野草》《朝花夕拾》《坟》《热风》《华盖集》《华盖集续编》《而已集》《三闲集》《二心集》《南腔北调集》《伪自由书》《准风月谈》《花边文学》《且介亭杂文》《且介亭杂文二集》。

每册内容如下：

一、鲁迅著作原文

二、鲁迅对该册及具体作品的自评与回忆

三、编者对该册版本流变的概括介绍

……

二

本套书编纂者的几个重要情况介绍如下。

1. 编纂者的年龄

刘老师生于1942年，本套书面世时83周岁。在耄耋之年、身体多病的情况下，他按时完成了原计划的全部书稿，除鲁迅原作及自评内容外，还包括各册版本流变的概括介绍等。如此高龄，如此短的时间，完成如此繁重的任务，令人敬佩。

2. 编纂者在岗期间主要工作简介

1963年，刘老师于山东师范学院中文系毕业后，在泰安师专历任助教、讲师、副教授。曾任泰安师专中文系副系主任、泰安市人大代表等。在泰安工作期间，他与冯光廉教授合作出版《王统照研究资料》、"中国现代作家选集"《王统照》《臧克家》等著作；他还撰写了稍后出版的，也是与冯光廉教授合著的《叶圣陶研究资料》《臧克家研究资料》《臧克家作品欣赏》等著作;他还主编并出版了《中国现代文学》《中国现代文学作品选》等。

1987年底,刘老师被调到青岛大学中文系,不久晋升教授。退休前,刘老师在青岛大学主要承担了三大类工作:教学、行政、科研。教学工作包括本科的中国现代文学史课、非中文专业的文学欣赏课,助教进修班和研究生的教学任务,还主持完成了多项教学成果,其中两项获得山东省省级教学成果奖的一等奖。行政工作主要是先后担任副系主任、系主任,负责申报的三个硕士学位授权点均获得成功,领衔申报的博士点通过了通讯评议,成为青岛大学中文专业有史以来距离博士点最近的一次。科研方面出版了《叶圣陶传》《王统照传》《臧克家诗歌选读》《王统照论》《中国新诗启示录——臧克家论稿》《〈繁星〉〈春水〉导读》《刘增人文选》等,还有与张用蓬合著《中国近百年文学体式流变史·戏剧体式卷》,另外还有与冯光廉教授共同主编的学术著作《中国新文学发展史》,与冯光廉教授和谭桂林教授共同主编的《多维视野中的鲁迅》,等等。这期间,他获得山东省社会科学优秀成果奖一等奖、山东省第一届齐鲁文学奖等。总之，在鲁迅研究之外，刘老师又取得了多方面的显著成果。2000年，他当选青岛市劳动模范，可谓实至名归。

3. 编纂者退休后的成就

2003年，刘老师退休了。先是他的散文创作引人瞩目，如他的散文名篇《滇绿》雅俗共赏："雅"的证据是收入人民文学出版社编选出版的《21世纪年度散文选——2009散文》；"俗"的证据是此文的网络阅读量很快就达到"10万+"。更令人震惊的是，退休后刘老师的中国近现代文学期刊研究取得了同行难以比拟的成就：在本学科权威学术期刊《文学评论》《中国现代文学研究丛刊》《新文学史料》等连续发表研究中国近现代文学期刊的学术论文，先后出版了研究中国近现代文学期刊学术著作《中国现代文学期刊史论》《1872—1949文学期刊信息总汇》。这两种著作均获得教育部颁发的高等学校科学研究优秀成果奖（人文社会科学）二等奖。科研项目方面，刘老师既拿到两项国家社科基金项目，又拿到"国家三大基金"之一的国家出版基金项目，更难得的是他又荣膺国家社科基金重大项目首席专家。这些奖项和项目都是关于研究中国近现代文学期刊的。

山东师范大学早在20世纪50年代末，就开始构建国内中国现代文学史料研究的学术高地，也是中国现代文学期刊的学术高地。60年代初期推出中国现代文学期刊整理的最早成果《1937—1949年主要文学期刊目录索引》(含文学期刊30种)，到80年代初期与北京大学同行共同编纂《中国现代文学期刊目录汇编》(出版后成为权威资料著作)。2005年，刘老师率领其研究生编著的《中国现代文学期刊史论》(新华出版社出版，116万字)，勘探出中国现代文学期刊的数量，由《中国现代文学期刊目录汇编》收集到的276种期刊，扩大到3500多种。2015年，刘老师带领女儿、女婿，以一家之力又完成了惊世大业，编著成500多万字、四大卷的学术巨著《1872—1949文学期刊信息总汇》。该书容纳的期刊总数超过了1万种。我曾经做过如下比喻："这一个个不断攀升的纪录，好似一座座越来越高的山峰。假如把一个期刊比作1米，《1937—1949年主要文学期刊目录索引》像是一个30米高的土包，《中国现代文学期刊目录汇编》像是276米的小山，《中国现代文学期刊史论》则是3500多米的高峰，《1872—1949

文学期刊信息总汇》简直就是耸入万米云霄的世界屋脊。"表面看只是期刊数量的一次次剧增，实际上是在不断拓展恢宏广大的中国近现代文学世界。

这就是编纂本套书的刘增人教授。

魏建

2024年11月

出版说明

　　鲁迅的作品不仅是文学创作的典范，也是时代的写照。他的小说以深刻洞察剖析社会与人性，唤起大众的觉醒意识；他的散文用真挚情感和细腻笔触回忆童年与过往，既有温情童趣，又有对人生社会的思考；他的散文诗以独特象征手法和深邃哲理，展现内心矛盾挣扎及对理想的执着追求，给人启迪与震撼；他的杂文如投枪匕首，直斥反动势力的暴行、社会的腐朽。为帮助读者更好地阅读、更透彻地理解鲁迅及其作品，根据中国现当代文学国家重点学科学术带头人、山东师范大学教授魏建的建议，从鲁迅"自评"的视角出发，我们策划了丛书"鲁迅自评版作品集"。

　　本丛书收录的是鲁迅自编的作品集，涵盖小说、散文、散文诗、杂文，共18册，主要包括鲁迅作品的原文及"鲁迅自评"板块。"鲁迅自评"板块包括鲁迅的写作目的、写作心境、对自己作品的评价及成书过程等，与作品相关的，鲁迅本人对作品的直接阐述均有收录，真实地展现了鲁迅的创作状态，描摹了鲁迅创作的心路历程，反映了鲁迅自己的"鲁迅观"。其中精选了鲁迅的大量自评、自述文字，力图真实地展现鲁迅的思想、风采、品格、情操、意志乃至审美方式、话语艺术、处世哲学等仅仅属于鲁迅个人的特质，使读者能够与鲁迅进行深度的灵魂交流，汲取鲁迅思想的滋养。

本丛书也是研究鲁迅及其文学创作的资料宝库。鲁迅自评的内容，为读者深入研究鲁迅的写作心境、文学思想、创作状态等提供了关键线索，能帮助读者探究其在不同时期受社会环境、个人经历影响而产生的创作转变。

在本丛书的编撰过程中，参考了已出版的诸多《鲁迅全集》版本，如1938年版、1981年版、2005年版等，以及近几十年一些研究鲁迅的文章和读物，在此一并表示感谢。坚持尊重历史、尊重原著的原则，严格保证作品内容的完整性，保留带有鲁迅个人风格与时代印记的用语，保留异体字、通假字及原版本标点符号用法，呈现给读者原汁原味的鲁迅作品。同时，根据读者的阅读习惯，参照《现代汉语词典》《辞海》等工具书，以简明易懂、通俗畅达为宗旨，对较难理解的字词、语句酌加注释，以提高读者的阅读体验。

希冀借助本丛书的出版，推动鲁迅作品在当代的传播与研究，让鲁迅的文字继续照亮后来者的思考之路。

目录

鲁迅自评

野草

鲁迅自评

《野草》

·

自评

◆

　　从上月起，我本在搜集材料，想趁寒假的闲空，给《唐宋传奇集》做一篇后记，准备付印，不料现在又只得搁起来。至于《野草》，此后做不做很难说，大约是不见得再做了，省得人来谬托知己，舐皮论骨，什么是"入于心"的。但要付印，也还须细看一遍，改正错字，颇费一点工夫。因此一时也不能寄上。

　　　　　　　　　　《海上通信》
　　　　　　　（一九二七年一月十六日）

◆

〔四月〕二十八日　晴。上午谢玉生来。寄小峰信并《野草》稿子一本。

《鲁迅日记》
（一九二七年）

◆

前天，已将《野草》编定了。

《朝花夕拾·小引》
（一九二七年五月一日）

《莽原》有从头到尾的合订本，但他们不寄我一本，亦久无信来，或已独立欤?《华续》,《野草》他日寄上《野草》初版，面题"鲁迅先生著"，我已令其改正，所以须改正本出，才以赠人。《唐宋传奇集》上册今天才校了，出版大约尚须几天。出时奉寄。下册稿已付印局。

　　　　　　　　　　《致章廷谦》
　　　　　　　　（一九二七年十二月九日）

◆

　　冯Y.S.[1]先生由他的友人给我看《野草》的英文译本，并且要我说几句话。可惜我不懂英文，只能自己说几句。但我希望，译者将不嫌我只做了他所希望的一半的。

　　这二十多篇小品，如每篇末尾所注，是一九二四至二六年在北京所作，陆续发表于期刊《语丝》上的。大抵仅仅是随时的小感想。因为那时难于直说，所以有时措辞就很含糊了。

　　现在举几个例罢。因为讽刺当时盛行的失恋诗，作《我的失恋》，因为憎恶社会上旁观者之多，作《复仇》第一篇，又因为惊异于青年之消沉，作《希望》。《这样的战士》，是有感于文人学士们帮助军阀而作。《腊叶》，是为爱我者的想要保存我而作的。段祺瑞政府枪击徒手民众后，作《淡淡的血痕中》，其时我已避居别处；奉天派和直隶派军阀战争的时候，作《一觉》，此后我就不能住在北京了。

　　所以，这也可以说，大半是废弛的地狱边沿的惨白色小花，当然不会美丽。但这地狱也必须失掉。这是由几个有雄辩和辣

――――――――

1 冯Y.S.，《野草》英文本的译者冯余声。

手，而那时还未得志的英雄们的脸色和语气所告诉我的。我于是作《失掉的好地狱》。

后来，我不再作这样的东西了。日在变化的时代，已不许这样的文章，甚而至于这样的感想存在。我想，这也许倒是好的罢。为译本而作的序言，也应该在这里结束了。

《〈野草〉英文译本序》
（一九三一年十一月五日）

◆

《野草》（散文小诗。北新书局印行。）

《鲁迅译著书目》
（一九三二年四月二十九日）

◆

　　后来《新青年》的团体散掉了，有的高升，有的退隐，有的前进，我又经验了一回同一战阵中的伙伴还是会这么变化，并且落得一个"作家"的头衔，依然在沙漠中走来走去，不过已经逃不出在散漫的刊物上做文字，叫作随便谈谈。有了小感触，就写些短文，夸大点说，就是散文诗，以后印成一本，谓之《野草》。得到较整齐的材料，则还是做短篇小说，只因为成了游勇，布不成阵了，所以技术虽然比先前好一些，思路也似乎较无拘束，而战斗的意气却冷得不少。新的战友在那里呢？我想，这是很不好的。于是集印了这时期的十一篇作品，谓之《彷徨》，愿以后不再这模样。

　　"路漫漫其修远兮，吾将上下而求索。"

　　　　　　　　　　　　　　《〈自选集〉自序》
　　　　　　　　　　　　　　（一九三二年十二月十四日）

◆

　　我的那一本《野草》，技术并不算坏，但心情太颓唐了，因
为那是我碰了许多钉子之后写出来的。我希望你脱离这种颓唐心
情的影响。

　　　　　　　　　　　　《致萧军》
　　　　　　　　　　（一九三四年十月九日）

《题辞》

·

自评

◆

　　《野草》的题词，系书店删去，是无意的漏落，他们常是这么模模胡胡的——，还是因为触了当局的讳忌，有意删掉的，我可不知道。

《致邱遇》
（一九三五年十一月二十三日）

12

◆

　　去年上海有这么一个机关，专司秘密压迫言论，出版之书，无不遭其暗中残杀，直到杜重远的《新生》事件，被日本所指摘，这才暗暗撤消。《野草》的序文，想亦如此，我曾向书店说过几次，终于不补。

　　　　　　　　　　《致夏传经》
　　　　　　　　　（一九三六年二月十九日）

《复仇》

·

自评

◆

　　我在《野草》中，曾记一男一女，持刀对立旷野中，无聊人竟随而往，以为必有事件，慰其无聊，而二人从此毫无动作，以致无聊人仍然无聊，至于老死，题曰《复仇》，亦是此意。但此亦不过愤激之谈，该二人或相爱，或相杀，还是照所欲而行的为是。因为天下究竟非文氓之天下也。

《致郑振铎》
（一九三四年五月十六日）

《过客》

·

自评

◆

　　又如来信说，凡有死的同我有关的，同时我就憎恨所有与我无关的……，而我正相反，同我有关的活着，我倒不放心，死了，我就安心，这意思也在《过客》中说过，都与小鬼的不同。

《北京·二四》

（一九二五年五月三十日）

《失掉的好地狱》

·

自评

◆

　　这也可以说，大半是废弛的地狱边沿的惨白色小花，当然不会美丽。但这地狱也必须失掉。这是由几个有雄辩和辣手，而那时还未得志的英雄们的脸色和语气所告诉我的。我于是作《失掉的好地狱》。

十一月五日。

《〈野草〉英文译本序》

（一九三一年十一月五日）

《一觉》
·
自评

◆

〔三月〕一日 下午往民国日报馆交寄邵元冲信并文稿。

《鲁迅日记》
（一九二五年）

我常想在纷扰中寻出一点闲静来，然而委实不容易。目前是这么离奇，心里是这么芜杂。一个人做到只剩了回忆的时候，生涯大概总要算是无聊了罢，但有时竟会连回忆也没有。中国的做文章有轨范，世事也仍然是螺旋。前几天我离开中山大学的时候，便想起四个月以前的离开厦门大学；听到飞机在头上鸣叫，竟记得了一年前在北京城上日日旋绕的飞机。我那时还做了一篇短文，叫做《一觉》。现在是，连这"一觉"也没有了。

　　　　　　《朝花夕拾·小引》
　　　　　　（一九二七年五月一日）

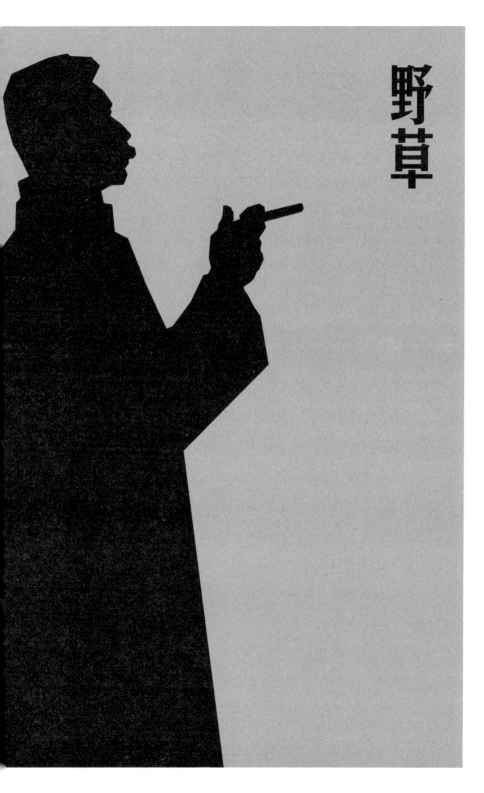

野草

《野草》是鲁迅的散文诗集，一九二七年七月由北京北新书局初版发行，列为鲁迅主编的"乌合丛书"之一。

　　《野草》收入《秋夜》《影的告别》《求乞者》《我的失恋》《复仇》《复仇（其二）》《希望》《雪》《风筝》《好的故事》《过客》《死火》《狗的驳诘》《失掉的好地狱》《墓碣文》《颓败线的颤动》《立论》《死后》《这样的战士》《聪明人和傻子和奴才》《腊叶》《淡淡的血痕中》《一觉》共二十三篇散文诗，写于一九二四年九月至一九二六年四月，陆续发表在《语丝》周刊。

　　书前《题辞》写于一九二七年四月二十六日，一九三一年五月上海北新书局印行第七版时，《题辞》被国民党书报检查机关删去，一九四一年出版《鲁迅三十年集》时重新收入。

　　鲁迅生前，《野草》共印行十二版次。

题辞

　　当我沉默着的时候，我觉得充实；我将开口，同时感到空虚。

　　过去的生命已经死亡。我对于这死亡有大欢喜[1]，因为我借此知道它曾经存活。死亡的生命已经朽腐。我对于这朽腐有大欢喜，因为我借此知道它还非空虚。

　　生命的泥委弃在地面上，不生乔木，只生野草，这是我的罪过。

　　野草，根本不深，花叶不美，然而吸取露，吸取水，吸取陈死人[2]的血和肉，各各夺取它的生存。当生存时，还是将遭践踏，将遭删刈，直至于死亡而朽腐。

　　但我坦然，欣然。我将大笑，我将歌唱。

---

1 大欢喜，佛家语，指达到目的而感到极度满足的一种境界。
2 陈死人，指死去很久的人。

我自爱我的野草，但我憎恶这以野草作装饰的地面[1]。

地火在地下运行，奔突；熔岩一旦喷出，将烧尽一切野草，以及乔木，于是并且无可朽腐。

但我坦然，欣然。我将大笑，我将歌唱。

天地有如此静穆，我不能大笑而且歌唱。天地即不如此静穆，我或者也将不能。我以这一丛野草，在明与暗，生与死，过去与未来之际，献于友与仇，人与兽，爱者与不爱者之前作证。

为我自己，为友与仇，人与兽，爱者与不爱者，我希望这野草的死亡与朽腐，火速到来。要不然，我先就未曾生存，这实在比死亡与朽腐更其不幸。

去罢，野草，连着我的题辞！

一九二七年四月二十六日，鲁迅记于广州之白云楼上。

（最初发表于1927年7月2日北京《语丝》周刊第一三八期）

---

1 地面，比喻黑暗的旧社会。

野

草

秋夜

在我的后园，可以看见墙外有两株树，一株是枣树，还有一株也是枣树。

这上面的夜的天空，奇怪而高，我生平没有见过这样的奇怪而高的天空。他仿佛要离开人间而去，使人们仰面不再看见。然而现在却非常之蓝，闪闪地睑着几十个星星的眼，冷眼。他的口角上现出微笑，似乎自以为大有深意，而将繁霜洒在我的园里的野花草上。

我不知道那些花草真叫什么名字，人们叫他们什么名字。我记得有一种开过极细小的粉红花，现在还开着，但是更极细小了，她在冷的夜气中，瑟缩地做梦，梦见春的到来，梦见秋的到来，梦见瘦的诗人将眼泪擦在她最末的花瓣上，告诉她秋虽然来，冬虽然来，而此后接着还是春，胡蝶乱飞，蜜蜂都唱起春词来了。她于是一笑，虽然颜色冻得红惨惨地，仍然瑟缩着。

枣树，他们简直落尽了叶子。先前，还有一两个孩子来打

23

他们别人打剩的枣子，现在是一个也不剩了，连叶子也落尽了。他知道小粉红花的梦，秋后要有春；他也知道落叶的梦，春后还是秋。他简直落尽叶子，单剩干子，然而脱了当初满树是果实和叶子时候的弧形，欠伸得很舒服。但是，有几枝还低亚着，护定他从打枣的竿梢所得的皮伤，而最直最长的几枝，却已默默地铁似的直刺着奇怪而高的天空，使天空闪闪地鬼䀹眼；直刺着天空中圆满的月亮，使月亮窘得发白。

鬼䀹眼的天空越加非常之蓝，不安了，仿佛想离去人间，避开枣树，只将月亮剩下。然而月亮也暗暗地躲到东边去了。而一无所有的干子，却仍然默默地铁似的直刺着奇怪而高的天空，一意要制他的死命，不管他各式各样地䀹着许多蛊惑的眼睛。

哇的一声，夜游的恶鸟飞过了。

我忽而听到夜半的笑声，吃吃地，似乎不愿意惊动睡着的人，然而四围的空气都应和着笑。夜半，没有别的人，我即刻听出这声音就在我嘴里，我也即刻被这笑声所驱逐，回进自己的房。灯火的带子也即刻被我旋高了。

后窗的玻璃上丁丁地响，还有许多小飞虫乱撞。不多久，几个进来了，许是从窗纸的破孔进来的。他们一进来，又在玻璃的灯罩上撞得丁丁地响。一个从上面撞进去了，他于是遇到火，而且我以为这火是真的。两三个却休息在灯的纸罩上喘气。那罩是昨晚新换的罩，雪白的纸，折出波浪纹的叠痕，一角还画出一枝猩红色的栀子。

猩红的栀子开花时，枣树又要做小粉红花的梦，青葱地弯成弧形了……。我又听到夜半的笑声；我赶紧砍断我的心绪，看那老在白纸罩上的小青虫，头大尾小，向日葵子似的，只有半粒小麦那么大，遍身的颜色苍翠得可爱，可怜。

我打一个呵欠，点起一支纸烟，喷出烟来，对着灯默默地敬奠这些苍翠精致的英雄们。

一九二四年九月十五日。

（最初发表于1924年12月1日《语丝》周刊第三期）

影的告别

人睡到不知道时候的时候，就会有影来告别，说出那些话——

有我所不乐意的在天堂里，我不愿去；有我所不乐意的在地狱里，我不愿去；有我所不乐意的在你们将来的黄金世界里，我不愿去。

然而你就是我所不乐意的。

朋友，我不想跟随你了，我不愿住。

我不愿意！

呜乎呜乎，我不愿意，我不如彷徨于无地。

我不过一个影，要别你而沉没在黑暗里了。然而黑暗又会吞并我，然而光明又会使我消失。

然而我不愿彷徨于明暗之间，我不如在黑暗里沉没。

野

草

然而我终于彷徨于明暗之间，我不知道是黄昏还是黎明。我姑且举灰黑的手装作喝干一杯酒，我将在不知道时候的时候独自远行。

呜乎呜乎，倘若黄昏，黑夜自然会来沉没我，否则我要被白天消失，如果现是黎明。

朋友，时候近了。

我将向黑暗里彷徨于无地。

你还想我的赠品。我能献你甚么呢？无已，则仍是黑暗和虚空而已。但是，我愿意只是黑暗，或者会消失于你的白天；我愿意只是虚空，决不占你的心地。

我愿意这样，朋友——

我独自远行，不但没有你，并且再没有别的影在黑暗里。只有我被黑暗沉没，那世界全属于我自己。

一九二四年九月二十四日。

（最初发表于1924年12月8日《语丝》周刊第四期）

求乞者

我顺着剥落的高墙走路，踏着松的灰土。另外有几个人，各自走路。微风起来，露在墙头的高树的枝条带着还未干枯的叶子在我头上摇动。

微风起来，四面都是灰土。

一个孩子向我求乞，也穿着夹衣，也不见得悲戚，而拦着磕头，追着哀呼。

我厌恶他的声调，态度。我憎恶他并不悲哀，近于儿戏；我烦厌他这追着哀呼。

我走路。另外有几个人各自走路。微风起来，四面都是灰土。

一个孩子向我求乞，也穿着夹衣，也不见得悲戚，但是哑的，摊开手，装着手势。

我就憎恶他这手势。而且，他或者并不哑，这不过是一种求乞的法子。

我不布施，我无布施心，我但居布施者之上，给与烦腻，疑心，憎恶。

我顺着倒败的泥墙走路，断砖叠在墙缺口，墙里面没有什么。微风起来，送秋寒穿透我的夹衣；四面都是灰土。

我想着我将用什么方法求乞：发声，用怎样声调？装哑，用怎样手势？……

另外有几个人各自走路。

我将得不到布施，得不到布施心；我将得到自居于布施之上者的烦腻，疑心，憎恶。

我将用无所为和沉默求乞……

我至少将得到虚无。

微风起来，四面都是灰土。另外有几个人各自走路。

灰土，灰土，……

………………

灰土……

一九二四年九月二十四日。

（最初发表于1924年12月8日《语丝》周刊第四期）

我的失恋

——拟古的新打油诗

我的所爱在山腰；

想去寻她山太高，

低头无法泪沾袍。

爱人赠我百蝶巾；

回她什么：猫头鹰。

从此翻脸不理我，

不知何故兮使我心惊。

我的所爱在闹市；

想去寻她人拥挤，

仰头无法泪沾耳。

爱人赠我双燕图；

回她什么：冰糖壶卢。

从此翻脸不理我，

野

草

不知何故兮使我胡涂。

我的所爱在河滨；
想去寻她河水深，
歪头无法泪沾襟。
爱人赠我金表索；
回她什么：发汗药。
从此翻脸不理我，
不知何故兮使我神经衰弱。

我的所爱在豪家；
想去寻她兮没有汽车，
摇头无法泪如麻。
爱人赠我玫瑰花；
回她什么：赤练蛇。
从此翻脸不理我，
不知何故兮——由她去罢。

一九二四年十月三日。

（最初发表于1924年12月8日《语丝》周刊第四期）

复仇

人的皮肤之厚，大概不到半分，鲜红的热血，就循着那后面，在比密密层层地爬在墙壁上的槐蚕更其密的血管里奔流，散出温热。于是各以这温热互相蛊惑，煽动，牵引，拚命地希求偎倚，接吻，拥抱，以得生命的沉酣的大欢喜。

但倘若用一柄尖锐的利刃，只一击，穿透这桃红色的，菲薄的皮肤，将见那鲜红的热血激箭似的以所有温热直接灌溉杀戮者；其次，则给以冰冷的呼吸，示以淡白的嘴唇，使之人性茫然，得到生命的飞扬的极致的大欢喜；而其自身，则永远沉浸于生命的飞扬的极致的大欢喜中。

这样，所以，有他们俩裸着全身，捏着利刃，对立于广漠的旷野之上。

他们俩将要拥抱，将要杀戮……

路人们从四面奔来，密密层层地，如槐蚕爬上墙壁，如马蚁要扛鳌头¹。衣服都漂亮,手倒空的。然而从四面奔来,而且拚命地伸长颈子,要赏鉴这拥抱或杀戮。他们已经豫觉着事后的自己的舌上的汗或血的鲜味。

然而他们俩对立着,在广漠的旷野之上,裸着全身,捏着利刃,然而也不拥抱,也不杀戮,而且也不见有拥抱或杀戮之意。

他们俩这样地至于永久,圆活的身体,已将干枯,然而毫不见有拥抱或杀戮之意。

路人们于是乎无聊;觉得有无聊钻进他们的毛孔,觉得有无聊从他们自己的心中由毛孔钻出,爬满旷野,又钻进别人的毛孔中。他们于是觉得喉舌干燥,脖子也乏了;终至于面面相觑,慢慢走散;甚而至于居然觉得干枯到失了生趣。

于是只剩下广漠的旷野,而他们俩在其间裸着全身,捏着利刃,干枯地立着;以死人似的眼光,赏鉴这路人们的干枯,无血的大戮,而永远沉浸于生命的飞扬的极致的大欢喜中。

一九二四年十二月二十日。

(最初发表于1924年12月29日《语丝》周刊第七期)

---

1 鳌头,即鱼头。

复仇（其二）

因为他自以为神之子，以色列的王，所以去钉十字架。

兵丁们给他穿上紫袍，戴上荆冠，庆贺他；又拿一根苇子打他的头，吐他，屈膝拜他；戏弄完了，就给他脱了紫袍，仍穿他自己的衣服。

看哪，他们打他的头，吐他，拜他……

他不肯喝那用没药[1]调和的酒，要分明地玩味以色列人怎样对付他们的神之子，而且较永久地悲悯他们的前途，然而仇恨他们的现在。

四面都是敌意，可悲悯的，可咒诅的。

丁丁地响，钉尖从掌心穿透，他们要钉杀他们的神之子了，可悯的人们呵，使他痛得柔和。丁丁地响，钉尖从脚背穿透，钉碎了一块骨，痛楚也透到心髓中，然而他们自己钉杀着他们的神

---

1 没药，药名，一作末药，梵语音译。

之子了，可咒诅的人们呵，这使他痛得舒服。

十字架竖起来了；他悬在虚空中。

他没有喝那用没药调和的酒，要分明地玩味以色列人怎样对付他们的神之子，而且较永久地悲悯他们的前途，然而仇恨他们的现在。

路人都辱骂他，祭司长和文士也戏弄他，和他同钉的两个强盗也讥诮他。

看哪，和他同钉的……

四面都是敌意，可悲悯的，可咒诅的。

他在手足的痛楚中，玩味着可悯的人们的钉杀神之子的悲哀和可咒诅的人们要钉杀神之子，而神之子就要被钉杀了的欢喜。突然间，碎骨的大痛楚透到心髓了，他即沉酣于大欢喜和大悲悯中。

他腹部波动了，悲悯和咒诅的痛楚的波。

遍地都黑暗了。

"以罗伊，以罗伊，拉马撒巴各大尼？！"（翻出来，就是：我的上帝，你为甚么离弃我？！）

上帝离弃了他，他终于还是一个"人之子"；然而以色列人连"人之子"都钉杀了。

钉杀了"人之子"的人们的身上，比钉杀了"神之子"的尤其血污，血腥。

一九二四年十二月二十日。

（最初发表于1924年12月29日《语丝》周刊第七期）

希望

我的心分外地寂寞。

然而我的心很平安：没有爱憎，没有哀乐，也没有颜色和声音。

我大概老了。我的头发已经苍白，不是很明白的事么？我的手颤抖着，不是很明白的事么？那么，我的魂灵的手一定也颤抖着，头发也一定苍白了。

然而这是许多年前的事了。

这以前，我的心也曾充满过血腥的歌声：血和铁，火焰和毒，恢复和报仇。而忽而这些都空虚了，但有时故意地填以没奈何的自欺的希望。希望，希望，用这希望的盾，抗拒那空虚中的暗夜的袭来，虽然盾后面也依然是空虚中的暗夜。然而就是如此，陆续地耗尽了我的青春。

我早先岂不知我的青春已经逝去了？但以为身外的青春固在：星，月光，僵坠的胡蝶，暗中的花，猫头鹰的不祥之言，杜鹃的啼血，笑的渺茫，爱的翔舞……。虽然是悲凉漂渺的青春罢，然而究竟是青春。

然而现在何以如此寂寞？难道连身外的青春也都逝去，世上的青年也多衰老了么？

我只得由我来肉薄这空虚中的暗夜了。我放下了希望之盾，我听到Petöfi Sándor[1]（1823—49）的"希望"之歌：

> 希望是甚么？是娼妓：
>
> 她对谁都蛊惑，将一切都献给；
>
> 待你牺牲了极多的宝贝——
>
> 你的青春——她就弃掉你。

这伟大的抒情诗人，匈牙利的爱国者，为了祖国而死在可萨克[2]兵的矛尖上，已经七十五年了。悲哉死也，然而更可悲的是他的诗至今没有死。

但是，可惨的人生！桀骜英勇如Petöfi，也终于对了暗夜止步，回顾着茫茫的东方了。他说：

1 Petöfi Sándor，裴多菲·山陀尔（1823—1849），匈牙利诗人、革命家。
2 可萨克，通译哥萨克，原为突厥语，意为"自由的人"或"勇敢的人"。

绝望之为虚妄，正与希望相同。

倘使我还得偷生在不明不暗的这"虚妄"中，我就还要寻求那逝去的悲凉漂渺的青春，但不妨在我的身外。因为身外的青春倘一消灭，我身中的迟暮也即凋零了。

然而现在没有星和月光，没有僵坠的胡蝶以至笑的渺茫，爱的翔舞。然而青年们很平安。

我只得由我来肉薄这空虚中的暗夜了，纵使寻不到身外的青春，也总得自己来一掷我身中的迟暮。但暗夜又在那里呢？现在没有星，没有月光以至笑的渺茫和爱的翔舞；青年们很平安，而我的面前又竟至于并且没有真的暗夜。

绝望之为虚妄，正与希望相同！

一九二五年一月一日。

（最初发表于1925年1月19日《语丝》周刊第十期）

雪

　　暖国[1]的雨，向来没有变过冰冷的坚硬的灿烂的雪花。博识的人们觉得他单调，他自己也以为不幸否耶？江南的雪，可是滋润美艳之至了；那是还在隐约着的青春的消息，是极壮健的处子的皮肤。雪野中有血红的宝珠山茶，白中隐青的单瓣梅花，深黄的磬口的蜡梅花；雪下面还有冷绿的杂草。胡蝶确乎没有；蜜蜂是否来采山茶花和梅花的蜜，我可记不真切了。但我的眼前仿佛看见冬花开在雪野中，有许多蜜蜂们忙碌地飞着，也听得他们嗡嗡地闹着。

　　孩子们呵着冻得通红，像紫芽姜一般的小手，七八个一齐来塑雪罗汉。因为不成功，谁的父亲也来帮忙了。罗汉就塑得比孩子们高得多，虽然不过是上小下大的一堆，终于分不清是壶卢还是罗汉；然而很洁白，很明艳，以自身的滋润相粘结，整个地

---

1 暖国，指我国南方气候温暖的地区。

闪闪地生光。孩子们用龙眼核给他做眼珠，又从谁的母亲的脂粉奁中偷得胭脂来涂在嘴唇上。这回确是一个大阿罗汉了。他也就目光灼灼地嘴唇通红地坐在雪地里。

第二天还有几个孩子来访问他；对了他拍手，点头，嘻笑。但他终于独自坐着了。晴天又来消释他的皮肤，寒夜又使他结一层冰，化作不透明的水晶模样；连续的晴天又使他成为不知道算什么，而嘴上的胭脂也褪尽了。

但是，朔方的雪花在纷飞之后，却永远如粉，如沙，他们决不粘连，撒在屋上，地上，枯草上，就是这样。屋上的雪是早已就有消化了的，因为屋里居人的火的温热。别的，在晴天之下，旋风忽来，便蓬勃地奋飞，在日光中灿灿地生光，如包藏火焰的大雾，旋转而且升腾，弥漫太空，使太空旋转而且升腾地闪烁。

在无边的旷野上，在凛冽的天宇下，闪闪地旋转升腾着的是雨的精魂……

是的，那是孤独的雪，是死掉的雨，是雨的精魂。

一九二五年一月十八日。

（最初发表于1925年1月26日《语丝》周刊第十一期）

风筝

　　北京的冬季，地上还有积雪，灰黑色的秃树枝丫叉于晴朗的天空中，而远处有一二风筝浮动，在我是一种惊异和悲哀。

　　故乡的风筝时节，是春二月，倘听到沙沙的风轮[1]声，仰头便能看见一个淡墨色的蟹风筝或嫩蓝色的蜈蚣风筝。还有寂寞的瓦片风筝，没有风轮，又放得很低，伶仃地显出憔悴可怜模样。但此时地上的杨柳已经发芽，早的山桃也多吐蕾，和孩子们的天上的点缀相照应，打成一片春日的温和。我现在在那里呢？四面都还是严冬的肃杀，而久经诀别的故乡的久经逝去的春天，却就在这天空中荡漾了。

　　但我是向来不爱放风筝的，不但不爱，并且嫌恶他，因为我以为这是没出息孩子所做的玩艺。和我相反的是我的小兄弟，他那时大概十岁内外罢，多病，瘦得不堪，然而最喜欢风筝，自

1 风轮，风筝上能迎风转动发声的小轮。

己买不起，我又不许放，他只得张着小嘴，呆看着空中出神，有时至于小半日。远处的蟹风筝突然落下来了，他惊呼；两个瓦片风筝的缠绕解开了，他高兴得跳跃。他的这些，在我看来都是笑柄，可鄙的。

有一天，我忽然想起，似乎多日不很看见他了，但记得曾见他在后园拾枯竹。我恍然大悟似的，便跑向少有人去的一间堆积杂物的小屋去，推开门，果然就在尘封的什物堆中发见了他。他向着大方凳，坐在小凳上；便很惊惶地站了起来，失了色瑟缩着。大方凳旁靠着一个胡蝶风筝的竹骨，还没有糊上纸，凳上是一对做眼睛用的小风轮，正用红纸条装饰着，将要完工了。我在破获秘密的满足中，又很愤怒他的瞒了我的眼睛，这样苦心孤诣地来偷做没出息孩子的玩艺。我即刻伸手折断了胡蝶的一支翅骨，又将风轮掷在地下，踏扁了。论长幼，论力气，他是都敌不过我的，我当然得到完全的胜利，于是傲然走出，留他绝望地站在小屋里。后来他怎样，我不知道，也没有留心。

然而我的惩罚终于轮到了，在我们离别得很久之后，我已经是中年。我不幸偶而看了一本外国的讲论儿童的书，才知道游戏是儿童最正当的行为，玩具是儿童的天使。于是二十年来毫不忆及的幼小时候对于精神的虐杀的这一幕，忽地在眼前展开，而我的心也仿佛同时变了铅块，很重很重的堕下去了。

但心又不竟堕下去而至于断绝，他只是很重很重地堕着，堕着。

我也知道补过的方法的：送他风筝，赞成他放，劝他放，我和他一同放。我们嚷着，跑着，笑着。——然而他其时已经和我一样，早已有了胡子了。

我也知道还有一个补过的方法的：去讨他的宽恕，等他说，"我可是毫不怪你呵。"那么，我的心一定就轻松了，这确是一个可行的方法。有一回，我们会面的时候，是脸上都已添刻了许多"生"的辛苦的条纹，而我的心很沉重。我们渐渐谈起儿时的旧事来，我便叙述到这一节，自说少年时代的胡涂。"我可是毫不怪你呵。"我想，他要说了，我即刻便受了宽恕，我的心从此也宽松了罢。

"有过这样的事么？"他惊异地笑着说，就像旁听着别人的故事一样。他什么也不记得了。

全然忘却，毫无怨恨，又有什么宽恕之可言呢？无怨的恕，说谎罢了。

我还能希求什么呢？我的心只得沉重着。

现在，故乡的春天又在这异地的空中了，既给我久经逝去的儿时的回忆，而一并也带着无可把握的悲哀。我倒不如躲到肃杀的严冬中去罢，——但是，四面又明明是严冬，正给我非常的寒威和冷气。

一九二五年一月二十四日。

（最初发表于1925年2月2日《语丝》周刊第十二期）

好的故事

灯火渐渐地缩小了，在预告石油的已经不多；石油又不是老牌，早熏得灯罩很昏暗。鞭爆的繁响在四近，烟草的烟雾在身边：是昏沉的夜。

我闭了眼睛，向后一仰，靠在椅背上；捏着《初学记》的手搁在膝髁上。

我在蒙胧中，看见一个好的故事。

这故事很美丽，幽雅，有趣。许多美的人和美的事，错综起来像一天云锦，而且万颗奔星似的飞动着，同时又展开去，以至于无穷。

我仿佛记得曾坐小船经过山阴道[1]，两岸边的乌桕，新禾，野花，鸡，狗，丛树和枯树，茅屋，塔，伽蓝[2]，农夫和村妇，村女，晒着的衣裳，和尚，蓑笠，天，云，竹，……都倒影在澄碧

---

1 山阴道，指绍兴西南一带风景优美的地方。
2 伽蓝，梵语"僧伽蓝摩"（Sanghārāma）的略称，意为僧众所住的园林，后泛指寺庙。

的小河中，随着每一打桨，各各夹带了闪烁的日光，并水里的萍藻游鱼，一同荡漾。诸影诸物，无不解散，而且摇动，扩大，互相融和；刚一融和，却又退缩，复近于原形。边缘都参差如夏云头，镶着日光，发出水银色焰。凡是我所经过的河，都是如此。

现在我所见的故事也如此。水中的青天的底子，一切事物统在上面交错，织成一篇，永是生动，永是展开，我看不见这一篇的结束。

河边枯柳树下的几株瘦削的一丈红[1]，该是村女种的罢。大红花和斑红花，都在水里面浮动，忽而碎散，拉长了，如缕缕的胭脂水，然而没有晕。茅屋，狗，塔，村女，云，……也都浮动着。大红花一朵朵全被拉长了，这时是泼剌奔进的红锦带。带织入狗中，狗织入白云中，白云织入村女中……。在一瞬间，他们又将退缩了。但斑红花影也已碎散，伸长，就要织进塔，村女，狗，茅屋，云里去。

现在我所见的故事清楚起来了，美丽，幽雅，有趣，而且分明。青天上面，有无数美的人和美的事，我一一看见，一一知道。

---

1 一丈红，即蜀葵。

我就要凝视他们……。

　　我正要凝视他们时，骤然一惊，睁开眼，云锦也已皱蹙，凌乱，仿佛有谁掷一块大石下河水中，水波陡然起立，将整篇的影子撕成片片了。我无意识地赶忙捏住几乎坠地的《初学记》，眼前还剩着几点虹霓色的碎影。

　　我真爱这一篇好的故事，趁碎影还在，我要追回他，完成他，留下他。我抛了书，欠身伸手去取笔，——何尝有一丝碎影，只见昏暗的灯光，我不在小船里了。

　　但我总记得见过这一篇好的故事，在昏沉的夜……。

一九二五年二月二十四日[1]。

（最初发表于1925年2月9日《语丝》周刊第十三期）

---

1 文末所注写作日期有误；鲁迅1925年1月28日记载"作《野草》一篇"，当指本文。

过客

时：

　　或一日的黄昏。

地：

　　或一处。

人：

　　老翁——约七十岁，白须发，黑长袍。

　　女孩——约十岁，紫发，乌眼珠，白地黑方格长衫。

　　过客——约三四十岁，状态困顿倔强，眼光阴沉，黑须，乱发，黑色短衣裤皆破碎，赤足著破鞋，胁下挂一个口袋，支着等身的竹杖。

　　东，是几株杂树和瓦砾；西，是荒凉破败的丛葬；其间有一条似路非路的痕迹。一间小土屋向这痕迹开着一扇门；门侧有一段枯树根。

　　（女孩正要将坐在树根上的老翁搀起。）

翁——孩子。喂，孩子！怎么不动了呢？

孩——（向东望着，）有谁走来了，看一看罢。

翁——不用看他。扶我进去罢。太阳要下去了。

孩——我，——看一看。

翁——唉，你这孩子！天天看见天，看见土，看见风，还不够好
看么？什么也不比这些好看。你偏是要看谁。太阳下去时候出
现的东西，不会给你什么好处的。……还是进去罢。

孩——可是，已经近来了。阿阿，是一个乞丐。

翁——乞丐？不见得罢。

（过客从东面的杂树间跄踉走出，暂时踌蹰之后，慢慢地
走近老翁去。）

客——老丈，你晚上好？

翁——阿，好！托福。你好？

客——老丈，我实在冒昧，我想在你那里讨一杯水喝。我走得渴
极了。这地方又没有一个池塘，一个水洼。

翁——唔，可以可以。你请坐罢。（向女孩）孩子，你拿水来，
杯子要洗干净。

（女孩默默地走进土屋去。）

翁——客官，你请坐。你是怎么称呼的。

客——称呼?——我不知道。从我还能记得的时候起,我就只一

个人。我不知道我本来叫什么。我一路走,有时人们也随便称

呼我,各式各样地,我也记不清楚了,况且相同的称呼也没有

听到过第二回。

翁——阿阿。那么,你是从那里来的呢?

客——(略略迟疑,)我不知道。从我还能记得的时候起,我就

在这么走。

翁——对了。那么,我可以问你到那里去么?

客——自然可以。——但是,我不知道。从我还能记得的时候

起,我就在这么走,要走到一个地方去,这地方就在前面。我

单记得走了许多路,现在来到这里了。我接着就要走向那边

去,(西指,)前面!

(女孩小心地捧出一个木杯来,递去。)

客——(接杯,)多谢,姑娘。(将水两口喝尽,还杯,)多谢,姑

娘。这真是少有的好意。我真不知道应该怎样感激!

翁——不要这么感激。这于你是没有好处的。

客——是的,这于我没有好处。可是我现在很恢复了些力气了。

我就要前去。老丈,你大约是久住在这里的,你可知道前面是

怎么一个所在么?

翁——前面？前面，是坟。

客——（诧异地，）坟？

孩——不，不，不的。那里有许多许多野百合，野蔷薇，我常常去玩，去看他们的。

客——（西顾，仿佛微笑，）不错。那些地方有许多许多野百合，野蔷薇，我也常常去玩过，去看过的。但是，那是坟。（向老翁，）老丈，走完了那坟地之后呢？

翁——走完之后？那我可不知道。我没有走过。

客——不知道？！

孩——我也不知道。

翁——我单知道南边；北边；东边，你的来路。那是我最熟悉的地方，也许倒是于你们最好的地方。你莫怪我多嘴，据我看来，你已经这么劳顿了，还不如回转去，因为你前去也料不定可能走完。

客——料不定可能走完？……（沉思，忽然惊起，）那不行！我只得走。回到那里去，就没一处没有名目，没一处没有地主，没一处没有驱逐和牢笼，没一处没有皮面的笑容，没一处没有眶外的眼泪。我憎恶他们，我不回转去！

翁——那也不然。你也会遇见心底的眼泪，为你的悲哀。

野

草

客——不。我不愿看见他们心底的眼泪，不要他们为我的悲哀！

翁——那么，你，（摇头，）你只得走了。

客——是的，我只得走了。况且还有声音常在前面催促我，叫唤我，使我息不下。可恨的是我的脚早经走破了，有许多伤，流了许多血。（举起一足给老人看，）因此，我的血不够了；我要喝些血。但血在那里呢？可是我也不愿意喝无论谁的血。我只得喝些水，来补充我的血。一路上总有水，我倒也并不感到什么不足。只是我的力气太稀薄了，血里面太多了水的缘故罢。今天连一个小水洼也遇不到，也就是少走了路的缘故罢。

翁——那也未必。太阳下去了，我想，还不如休息一会的好罢，像我似的。

客——但是，那前面的声音叫我走。

翁——我知道。

客——你知道？你知道那声音么？

翁——是的。他似乎曾经也叫过我。

客——那也就是现在叫我的声音么？

翁——那我可不知道。他也就是叫过几声，我不理他，他也就不叫了，我也就记不清楚了。

客——唉唉，不理他……。（沉思，忽然吃惊，倾听着，）不行！

我还是走的好。我息不下。可恨我的脚早经走破了。

　　（准备走路。）

孩——给你！（递给一片布，）裹上你的伤去。

客——多谢，（接取，）姑娘。这真是……。这真是极少有的好
　　　意。这能使我可以走更多的路。（就断砖坐下，要将布缠在踝
　　　上，）但是，不行！（竭力站起，）姑娘，还了你罢，还是裹不
　　　下。况且这太多的好意，我没法感激。

翁——你不要这么感激，这于你没有好处。

客——是的，这于我没有什么好处。但在我，这布施是最上的东
　　　西了。你看，我全身上可有这样的。

翁——你不要当真就是。

客——是的。但是我不能。我怕我会这样：倘使我得到了谁的布
　　　施，我就要像兀鹰看见死尸一样，在四近徘徊，祝愿她的灭
　　　亡，给我亲自看见；或者咒诅她以外的一切全都灭亡，连我自
　　　己，因为我就应该得到咒诅。但是我还没有这样的力量；即使
　　　有这力量，我也不愿意她有这样的境遇，因为她们大概总不愿
　　　意有这样的境遇。我想，这最稳当。（向女孩，）姑娘，你这布
　　　片太好，可是太小一点了，还了你罢。

孩——（惊惧，退后，）我不要了！你带走！

客——（似笑，）哦哦，……因为我拿过了？

孩——（点头，指口袋，）你装在那里，去玩玩。

客——（颓唐地退后，）但这背在身上，怎么走呢？……

翁——你息不下，也就背不动。——休息一会，就没有什么了。

客——对咧，休息……。（默想，但忽然惊醒，倾听。）不，我不
　　能！我还是走好。

翁——你总不愿意休息么？

客——我愿意休息。

翁——那么，你就休息一会罢。

客——但是，我不能……。

翁——你总还是觉得走好么？

客——是的。还是走好。

翁——那么，你也还是走好罢。

客——（将腰一伸，）好，我告别了。我很感谢你们。（向着女
　　孩，）姑娘，这还你，请你收回去。

　　　（女孩惊惧，敛手，要躲进土屋里去。）

翁——你带去罢。要是太重了，可以随时抛在坟地里面的。

孩——（走向前，）阿阿，那不行！

客——阿阿，那不行的。

翁——那么，你挂在野百合野蔷薇上就是了。

孩——（拍手，）哈哈！好！

客——哦哦……。

　　（极暂时中，沉默。）

翁——那么，再见了。祝你平安。（站起，向女孩，）孩子，扶我
　　进去罢。你看，太阳早已下去了。（转身向门。）

客——多谢你们。祝你们平安。（徘徊，沉思，忽然吃惊，）然而
　　我不能！我只得走。我还是走好罢……。（即刻昂了头，奋然
　　向西走去。）

　　（女孩扶老人走进土屋，随即阖了门。过客向野地里踉跄
　　地闯进去，夜色跟在他后面。）

一九二五年三月二日。

　　　　　　（最初发表于1925年3月9日《语丝》周刊第十七期）

死火

我梦见自己在冰山间奔驰。

这是高大的冰山，上接冰天，天上冻云弥漫，片片如鱼鳞模样。山麓有冰树林，枝叶都如松杉。一切冰冷，一切青白。

但我忽然坠在冰谷中。

上下四旁无不冰冷，青白。而一切青白冰上，却有红影无数，纠结如珊瑚网。我俯看脚下，有火焰在。

这是死火。有炎炎的形，但毫不摇动，全体冰结，像珊瑚枝；尖端还有凝固的黑烟，疑这才从火宅[1]中出，所以枯焦。这样，映在冰的四壁，而且互相反映，化为无量数影，使这冰谷，成红珊瑚色。

哈哈！

当我幼小的时候，本就爱看快舰激起的浪花，洪炉喷出的

---

1 火宅，佛家语，喻烦恼的俗界。

烈焰。不但爱看，还想看清。可惜他们都息息变幻，永无定形。虽然凝视又凝视，总不留下怎样一定的迹象。

死的火焰，现在先得到了你了！

我拾起死火，正要细看，那冷气已使我的指头焦灼；但是，我还熬着，将他塞入衣袋中间。冰谷四面，登时完全青白。我一面思索着走出冰谷的法子。

我的身上喷出一缕黑烟，上升如铁线蛇。冰谷四面，又登时满有红焰流动，如大火聚[1]，将我包围。我低头一看，死火已经燃烧，烧穿了我的衣裳，流在冰地上了。

"唉，朋友！你用了你的温热，将我惊醒了。"他说。

我连忙和他招呼，问他名姓。

"我原先被人遗弃在冰谷中，"他答非所问地说，"遗弃我的早已灭亡，消尽了。我也被冰冻冻得要死。倘使你不给我温热，使我重行烧起，我不久就须灭亡。"

"你的醒来，使我欢喜。我正在想着走出冰谷的方法；我愿意携带你去，使你永不冰结，永得燃烧。"

"唉唉！那么，我将烧完！"

---

1 火聚，佛家语，猛火聚集的地方。

"你的烧完，使我惋惜。我便将你留下，仍在这里罢。"

"唉唉！那么，我将冻灭了！"

"那么，怎么办呢？"

"但你自己，又怎么办呢？"他反而问。

"我说过了：我要出这冰谷……。"

"那我就不如烧完！"

他忽而跃起，如红彗星，并我都出冰谷口外。有大石车突然驰来，我终于碾死在车轮底下，但我还来得及看见那车就坠入冰谷中。

"哈哈！你们是再也遇不着死火了！"我得意地笑着说，仿佛就愿意这样似的。

一九二五年四月二十三日。

（最初发表于1925年5月4日《语丝》周刊第二十五期）

狗的驳诘

我梦见自己在隘巷中行走，衣履破碎，像乞食者。

一条狗在背后叫起来了。

我傲慢地回顾，叱咤说：

"呔！住口！你这势利的狗！"

"嘻嘻！"他笑了，还接着说，"不敢，愧不如人呢。"

"什么！？"我气愤了，觉得这是一个极端的侮辱。

"我惭愧：我终于还不知道分别铜和银[1]；还不知道分别布和绸；还不知道分别官和民；还不知道分别主和奴；还不知道……"

我逃走了。

"且慢！我们再谈谈……"他在后面大声挽留。

---

1 铜和银，指钱币。

　　我一径逃走，尽力地走，直到逃出梦境，躺在自己的
床上。

　　　　　　　　　　一九二五年四月二十三日。

　　（最初发表于1925年5月4日《语丝》周刊第二十五期）

失掉的好地狱

我梦见自己躺在床上，在荒寒的野外，地狱的旁边。一切鬼魂们的叫唤无不低微，然有秩序，与火焰的怒吼，油的沸腾，钢叉的震颤相和鸣，造成醉心的大乐[1]，布告三界：地下太平。

有一伟大的男子站在我面前，美丽，慈悲，遍身有大光辉，然而我知道他是魔鬼。

"一切都已完结，一切都已完结！可怜的鬼魂们将那好的地狱失掉了！"他悲愤地说，于是坐下，讲给我一个他所知道的故事——

"天地作蜂蜜色的时候，就是魔鬼战胜天神，掌握了主宰一切的大威权的时候。他收得天国，收得人间，也收得地狱。他于是亲临地狱，坐在中央，遍身发大光辉，照见一切鬼众。

---

1 醉心的大乐，使人沉醉的音乐。

"地狱原已废弛得很久了：剑树[1]消却光芒；沸油的边际早不腾涌；大火聚有时不过冒些青烟，远处还萌生曼陀罗花，花极细小，惨白可怜。——那是不足为奇的，因为地上曾经大被焚烧，自然失了他的肥沃。

"鬼魂们在冷油温火里醒来，从魔鬼的光辉中看见地狱小花，惨白可怜，被大蛊惑，倏忽间记起人世，默想至不知几多年，遂同时向着人间，发一声反狱的绝叫。

"人类便应声而起，仗义执言，与魔鬼战斗。战声遍满三界，远过雷霆。终于运大谋略，布大网罗，使魔鬼并且不得不从地狱出走。最后的胜利，是地狱门上也竖了人类的旌旗！

"当鬼魂们一齐欢呼时，人类的整饬地狱使者已临地狱，坐在中央，用了人类的威严，叱咤一切鬼众。

"当鬼魂们又发一声反狱的绝叫时，即已成为人类的叛徒，得到永劫沉沦的罚，迁入剑树林的中央。

"人类于是完全掌握了主宰地狱的大威权，那威棱且在魔鬼以上。人类于是整顿废弛，先给牛首阿旁以最高的俸草；而且，添薪加火，磨砺刀山，使地狱全体改观，一洗先前颓废的

---

1 剑树，佛教所说的地狱酷刑。

63

气象。

　　"曼陀罗花立即焦枯了。油一样沸；刀一样铦；火一样热；鬼众一样呻吟，一样宛转，至于都不暇记起失掉的好地狱。

　　"这是人类的成功，是鬼魂的不幸……。

　　"朋友，你在猜疑我了。是的，你是人！我且去寻野兽和恶鬼……。"

一九二五年六月十六日。

（最初发表于1925年6月22日《语丝》周刊第三十二期）

墓碣文

我梦见自己正和墓碣对立，读着上面的刻辞。那墓碣似是沙石所制，剥落很多，又有苔藓丛生，仅存有限的文句——

　　……于浩歌狂热之际中寒；于天上看见深渊。于一切眼中看见无所有；于无所希望中得救。……

　　……有一游魂，化为长蛇，口有毒牙。不以啮人，自啮其身，终以殒颠[1]。……

　　……离开！……

我绕到碣后，才见孤坟，上无草木，且已颓坏。即从大阙口中，窥见死尸，胸腹俱破，中无心肝。而脸上却绝不显哀乐之状，但蒙蒙如烟然。

----

1 殒颠，死亡。

我在疑惧中不及回身，然而已看见墓碣阴面的残存的文句——

　　……抉心自食，欲知本味。创痛酷烈，本味何能知？……

　　……痛定之后，徐徐食之。然其心已陈旧，本味又何由知？……

　　……答我。否则，离开！……

我就要离开。而死尸已在坟中坐起，口唇不动，然而说——

"待我成尘时，你将见我的微笑！"

我疾走，不敢反顾，生怕看见他的追随。

一九二五年六月十七日。

（最初发表于1925年6月22日《语丝》周刊第三十二期）

颓败线的颤动

我梦见自己在做梦。自身不知所在，眼前却有一间在深夜中紧闭的小屋的内部，但也看见屋上瓦松的茂密的森林。

板桌上的灯罩是新拭的，照得屋子里分外明亮。在光明中，在破榻上，在初不相识的披毛的强悍的肉块底下，有瘦弱渺小的身躯，为饥饿，苦痛，惊异，羞辱，欢欣而颤动。弛缓，然而尚且丰腴的皮肤光润了；青白的两颊泛出轻红，如铅上涂了胭脂水。

灯火也因惊惧而缩小了，东方已经发白。

然而空中还弥漫地摇动着饥饿，苦痛，惊异，羞辱，欢欣的波涛……。

"妈！"约略两岁的女孩被门的开阖声惊醒，在草席围着的屋角的地上叫起来了。

"还早哩，再睡一会罢！"她惊惶地说。

"妈！我饿，肚子痛。我们今天能有什么吃的？"

“我们今天有吃的了。等一会有卖烧饼的来，妈就买给你。”她欣慰地更加紧捏着掌中的小银片，低微的声音悲凉地发抖，走近屋角去一看她的女儿，移开草席，抱起来放在破榻上。

　　“还早哩，再睡一会罢。”她说着，同时抬起眼睛，无可告诉地一看破旧的屋顶以上的天空。

　　空中突然另起了一个很大的波涛，和先前的相撞击，回旋而成旋涡，将一切并我尽行淹没，口鼻都不能呼吸。

　　我呻吟着醒来，窗外满是如银的月色，离天明还很辽远似的。

　　我自身不知所在，眼前却有一间在深夜中紧闭的小屋的内部，我自己知道是在续着残梦。可是梦的年代隔了许多年了。屋的内外已经这样整齐；里面是青年的夫妻，一群小孩子，都怨恨鄙夷地对着一个垂老的女人。

　　“我们没有脸见人，就只因为你，”男人气忿地说。“你还以为养大了她，其实正是害苦了她，倒不如小时候饿死的好！”

　　“使我委屈一世的就是你！”女的说。

　　“还要带累了我！”男的说。

"还要带累他们哩!"女的说,指着孩子们。

最小的一个正玩着一片干芦叶,这时便向空中一挥,仿佛一柄钢刀,大声说道:

"杀!"

那垂老的女人口角正在痉挛,登时一怔,接着便都平静,不多时候,她冷静地,骨立的石像似的站起来了。她开开板门,迈步在深夜中走出,遗弃了背后一切的冷骂和毒笑。

她在深夜中尽走,一直走到无边的荒野;四面都是荒野,头上只有高天,并无一个虫鸟飞过。她赤身露体地,石像似的站在荒野的中央,于一刹那间照见过往的一切:饥饿,苦痛,惊异,羞辱,欢欣,于是发抖;害苦,委屈,带累,于是痉挛;杀,于是平静。……又于一刹那间将一切并合:眷念与决绝,爱抚与复仇,养育与歼除,祝福与咒诅……。她于是举两手尽量向天,口唇间漏出人与兽的,非人间所有,所以无词的言语。

当她说出无词的言语时,她那伟大如石像,然而已经荒废的,颓败的身躯的全面都颤动了。这颤动点点如鱼鳞,每一鳞都起伏如沸水在烈火上;空中也即刻一同振颤,仿佛暴风雨中的荒海的波涛。

她于是抬起眼睛向着天空，并无词的言语也沉默尽绝，惟有颤动，辐射若太阳光，使空中的波涛立刻回旋，如遭飓风，汹涌奔腾于无边的荒野。

　　我梦魇了，自己却知道是因为将手搁在胸脯上了的缘故；我梦中还用尽平生之力，要将这十分沉重的手移开。

一九二五年六月二十九日。

　　（最初发表于1925年7月13日《语丝》周刊第三十五期）

立论

我梦见自己正在小学校的讲堂上预备作文，向老师请教立论的方法。

"难！"老师从眼镜圈外斜射出眼光来，看着我，说。"我告诉你一件事——

"一家人家生了一个男孩，合家高兴透顶了。满月的时候，抱出来给客人看，——大概自然是想得一点好兆头。

"一个说：'这孩子将来要发财的。'他于是得到一番感谢。

"一个说：'这孩子将来要做官的。'他于是收回几句恭维。

"一个说：'这孩子将来是要死的。'他于是得到一顿大家合力的痛打。

"说要死的必然，说富贵的许谎。但说谎的得好报，说必然的遭打。你……"

"我愿意既不谎人，也不遭打。那么，老师，我得怎么说呢？"

"那么，你得说：'啊呀！这孩子呵！您瞧！多么……。阿唷！哈哈！Hehe！he，hehehehe！[1]'"

一九二五年七月八日。

　　　　（最初发表于1925年7月13日《语丝》周刊第三十五期）

---

1 Hehe！he，hehehehe！象声词，即嘿嘿！嘿，嘿嘿嘿嘿！

死后

我梦见自己死在道路上。

这是那里，我怎么到这里来，怎么死的，这些事我全不明白。总之，待到我自己知道已经死掉的时候，就已经死在那里了。

听到几声喜鹊叫，接着是一阵乌老鸦。空气很清爽，——虽然也带些土气息，——大约正当黎明时候罢。我想睁开眼睛来，他却丝毫也不动，简直不像是我的眼睛；于是想抬手，也一样。

恐怖的利镞忽然穿透我的心了。在我生存时，曾经玩笑地设想：假使一个人的死亡，只是运动神经的废灭，而知觉还在，那就比全死了更可怕。谁知道我的预想竟的中[1]了，我自己就在证实这预想。

---

1 的中，射中靶子。

听到脚步声，走路的罢。一辆独轮车从我的头边推过，大约是重载的，轧轧地叫得人心烦，还有些牙齿齼。很觉得满眼绯红，一定是太阳上来了。那么，我的脸是朝东的。但那都没有什么关系。切切嚓嚓的人声，看热闹的。他们踹起黄土来，飞进我的鼻孔，使我想打喷嚏了，但终于没有打，仅有想打的心。

陆陆续续地又是脚步声，都到近旁就停下，还有更多的低语声：看的人多起来了。我忽然很想听听他们的议论。但同时想，我生存时说的什么批评不值一笑的话，大概是违心之论罢：才死，就露了破绽了。然而还是听；然而毕竟得不到结论，归纳起来不过是这样——

"死了？……"

"嗡。——这……"

"哼！……"

"啧。……唉！……"

我十分高兴，因为始终没有听到一个熟识的声音。否则，或者害得他们伤心；或则要使他们快意；或则要使他们加添些饭后闲谈的材料，多破费宝贵的工夫；这都会使我很抱歉。现在谁也看不见，就是谁也不受影响。好了，总算对得起人了！

但是，大约是一个马蚁，在我的脊梁上爬着，痒痒的。我

74

一点也不能动，已经没有除去他的能力了；倘在平时，只将身子一扭，就能使他退避。而且，大腿上又爬着一个哩！你们是做什么的？虫豸！？

事情可更坏了：嗡的一声，就有一个青蝇停在我的颧骨上，走了几步，又一飞，开口便舐我的鼻尖。我懊恼地想：足下，我不是什么伟人，你无须到我身上来寻做论的材料……。但是不能说出来。他却从鼻尖跑下，又用冷舌头来舐我的嘴唇了，不知道可是表示亲爱。还有几个则聚在眉毛上，跨一步，我的毛根就一摇。实在使我烦厌得不堪，——不堪之至。

忽然，一阵风，一片东西从上面盖下来，他们就一同飞开了，临走时还说——

"惜哉！……"

我愤怒得几乎昏厥过去。

木材摔在地上的钝重的声音同着地面的震动，使我忽然清醒，前额上感着芦席的条纹。但那芦席就被掀去了，又立刻感到了日光的灼热。还听得有人说——

"怎么要死在这里？……"

这声音离我很近，他正弯着腰罢。但人应该死在那里呢？

我先前以为人在地上虽没有任意生存的权利，却总有任意死掉的权利的。现在才知道并不然，也很难适合人们的公意。可惜我久没了纸笔；即有也不能写，而且即使写了也没有地方发表了。只好就这样地抛开。

有人来抬我，也不知道是谁。听到刀鞘声，还有巡警在这里罢，在我所不应该"死在这里"的这里。我被翻了几个转身，便觉得向上一举，又往下一沉；又听得盖了盖，钉着钉。但是，奇怪，只钉了两个。难道这里的棺材钉，是只钉两个的么？

我想：这回是六面碰壁，外加钉子。真是完全失败，呜呼哀哉了！……

"气闷！……"我又想。

然而我其实却比先前已经宁静得多，虽然知不清埋了没有。在手背上触到草席的条纹，觉得这尸衾倒也不恶。只不知道是谁给我化钱的，可惜！但是，可恶，收敛的小子们！我背后的小衫的一角皱起来了，他们并不给我拉平，现在抵得我很难受。你们以为死人无知，做事就这样地草率么？哈哈！

我的身体似乎比活的时候要重得多，所以压着衣皱便格外的不舒服。但我想，不久就可以习惯的；或者就要腐烂，不至于再有什么大麻烦。此刻还不如静静地静着想。

"您好？您死了么？"

是一个颇为耳熟的声音。睁眼看时，却是勃古斋旧书铺的跑外的小伙计。不见约有二十多年了，倒还是那一副老样子。我又看看六面的壁，委实太毛糙，简直毫没加过一点修刮，锯绒还是毛毿毿的。

"那不碍事，那不要紧。"他说，一面打开暗蓝色布的包裹来。"这是明板《公羊传》，嘉靖黑口本，给您送来了。您留下他罢。这是……。"

"你！"我诧异地看定他的眼睛，说，"你莫非真正胡涂了？你看我这模样，还要看什么明板？……"

"那可以看，那不碍事。"

我即刻闭上眼睛，因为对他很烦厌。停了一会，没有声息，他大约走了。但是似乎一个马蚁又在脖子上爬起来，终于爬到脸上，只绕着眼眶转圈子。

万不料人的思想，是死掉之后也还会变化的。忽而，有一种力将我的心的平安冲破；同时，许多梦也都做在眼前了。几个朋友祝我安乐，几个仇敌祝我灭亡。我却总是既不安乐，也不灭亡地不上不下地生活下来，都不能副任何一面的期望。现在又影一般死掉了，连仇敌也不使知道，不肯赠给他们一点惠而不费的欢欣。……

我觉得在快意中要哭出来。这大概是我死后第一次的哭。

然而终于也没有眼泪流下；只看见眼前仿佛有火花一闪，我于是坐了起来。

一九二五年七月十二日。

（最初发表于1925年7月20日《语丝》周刊第三十六期）

这样的战士

要有这样的一种战士——

已不是蒙昧如非洲土人而背着雪亮的毛瑟枪的；也并不疲惫如中国绿营兵而却佩着盒子炮。他毫无乞灵于牛皮和废铁的甲胄；他只有自己，但拿着蛮人所用的，脱手一掷的投枪。

他走进无物之阵，所遇见的都对他一式点头。他知道这点头就是敌人的武器，是杀人不见血的武器，许多战士都在此灭亡，正如炮弹一般，使猛士无所用其力。

那些头上有各种旗帜，绣出各样好名称：慈善家，学者，文士，长者，青年，雅人，君子……。头下有各样外套，绣出各式好花样：学问，道德，国粹，民意，逻辑，公义，东方文明……。

但他举起了投枪。

他们都同声立了誓来讲说，他们的心都在胸膛的中央，和别的偏心的人类两样。他们都在胸前放着护心镜，就为自己也深信心在胸膛中央的事作证。

但他举起了投枪。

他微笑，偏侧一掷，却正中了他们的心窝。

一切都颓然倒地；——然而只有一件外套，其中无物。无物之物已经脱走，得了胜利，因为他这时成了戕害慈善家等类的罪人。

但他举起了投枪。

他在无物之阵中大踏步走，再见一式的点头，各种的旗帜，各样的外套……。

但他举起了投枪。

他终于在无物之阵中老衰，寿终。他终于不是战士，但无物之物则是胜者。

在这样的境地里，谁也不闻战叫：太平。

太平……。

但他举起了投枪！

一九二五年十二月十四日。

（最初发表于1925年12月21日《语丝》周刊第五十八期）

聪明人和傻子和奴才

奴才总不过是寻人诉苦。只要这样，也只能这样。有一日，他遇到一个聪明人。

"先生！"他悲哀地说，眼泪联成一线，就从眼角上直流下来。"你知道的。我所过的简直不是人的生活。吃的是一天未必有一餐，这一餐又不过是高粱皮，连猪狗都不要吃的，尚且只有一小碗……。"

"这实在令人同情。"聪明人也惨然说。

"可不是么！"他高兴了。"可是做工是昼夜无休息的：清早担水晚烧饭，上午跑街夜磨面，晴洗衣裳雨张伞，冬烧汽炉夏打扇。半夜要煨银耳，侍候主人要钱；头钱[1]从来没分，有时还挨皮鞭……。"

"唉唉……。"聪明人叹息着，眼圈有些发红，似乎要下泪。

---

1 头钱，赌博抽头所得的钱。

"先生！我这样是敷衍不下去的。我总得另外想法子。可是什么法子呢？……"

"我想，你总会好起来……。"

"是么？但愿如此。可是我对先生诉了冤苦，又得你的同情和慰安，已经舒坦得不少了。可见天理没有灭绝……。"

但是，不几日，他又不平起来了，仍然寻人去诉苦。

"先生！"他流着眼泪说，"你知道的。我住的简直比猪窠还不如。主人并不将我当人；他对他的叭儿狗还要好到几万倍……。"

"混帐！"那人大叫起来，使他吃惊了。那人是一个傻子。

"先生，我住的只是一间破小屋，又湿，又阴，满是臭虫，睡下去就咬得真可以。秽气冲着鼻子，四面又没有一个窗……。"

"你不会要你的主人开一个窗的么？"

"这怎么行？……"

"那么，你带我去看去！"

傻子跟奴才到他屋外，动手就砸那泥墙。

"先生！你干什么？"他大惊地说。

"我给你打开一个窗洞来。"

"这不行！主人要骂的！"

"管他呢！"他仍然砸。

"人来呀！强盗在毁咱们的屋子了！快来呀！迟一点可要打出窟窿来了！……"他哭嚷着，在地上团团地打滚。

一群奴才都出来了，将傻子赶走。

听到了喊声，慢慢地最后出来的是主人。

"有强盗要来毁咱们的屋子，我首先叫喊起来，大家一同把他赶走了。"他恭敬而得胜地说。

"你不错。"主人这样夸奖他。

这一天就来了许多慰问的人，聪明人也在内。

"先生。这回因为我有功，主人夸奖了我了。你先前说我总会好起来，实在是有先见之明……。"他大有希望似的高兴地说。

"可不是么……。"聪明人也代为高兴似的回答他。

一九二五年十二月二十六日。

（最初发表于1926年1月4日《语丝》周刊第六十期）

腊叶

灯下看《雁门集》，忽然翻出一片压干的枫叶来。

这使我记起去年的深秋。繁霜夜降，木叶多半凋零，庭前的一株小小的枫树也变成红色了。我曾绕树徘徊，细看叶片的颜色，当他青葱的时候是从没有这么注意的。他也并非全树通红，最多的是浅绛，有几片则在绯红地上，还带着几团浓绿。一片独有一点蛀孔，镶着乌黑的花边，在红，黄和绿的斑驳中，明眸似的向人凝视。我自念：这是病叶呵！便将他摘了下来，夹在刚才买到的《雁门集》里。大概是愿使这将坠的被蚀而斑斓的颜色，暂得保存，不即与群叶一同飘散罢。

但今夜他却黄蜡似的躺在我的眼前，那眸子也不复似去年一般灼灼。假使再过几年，旧时的颜色在我记忆中消去，怕连我也不知道他何以夹在书里面的原因了。将坠的病叶的斑斓，似乎也只能在极短时中相对，更何况是葱郁的呢。看看窗外，很能耐寒的树木也早经秃尽了；枫树更何消说得。当深秋时，想来也许

有和这去年的模样相似的病叶的罢，但可惜我今年竟没有赏玩秋
树的余闲。

一九二五年十二月二十六日。

（最初发表于1926年1月4日《语丝》周刊第六十期）

淡淡的血痕中

——记念几个死者和生者和未生者

目前的造物主，还是一个怯弱者。

他暗暗地使天变地异，却不敢毁灭一个这地球；暗暗地使生物衰亡，却不敢长存一切尸体；暗暗地使人类流血，却不敢使血色永远鲜秾；暗暗地使人类受苦，却不敢使人类永远记得。

他专为他的同类——人类中的怯弱者——设想，用废墟荒坟来衬托华屋，用时光来冲淡苦痛和血痕；日日斟出一杯微甘的苦酒，不太少，不太多，以能微醉为度，递给人间，使饮者可以哭，可以歌，也如醒，也如醉，若有知，若无知，也欲死，也欲生。他必须使一切也欲生；他还没有灭尽人类的勇气。

几片废墟和几个荒坟散在地上，映以淡淡的血痕，人们都在其间咀嚼着人我的渺茫的悲苦。但是不肯吐弃，以为究竟胜于空虚，各各自称为"天之僇民"，以作咀嚼着人我的渺茫的悲苦的辩解，而且悚息着静待新的悲苦的到来。新的，这就使他们恐惧，而又渴欲相遇。

这都是造物主的良民。他就需要这样。

叛逆的猛士出于人间；他屹立着，洞见一切已改和现有的废墟和荒坟，记得一切深广和久远的苦痛，正视一切重叠淤积的凝血，深知一切已死，方生，将生和未生。他看透了造化的把戏；他将要起来使人类苏生，或者使人类灭尽，这些造物主的良民们。

造物主，怯弱者，羞惭了，于是伏藏。天地在猛士的眼中于是变色。

一九二六年四月八日。

（最初发表于1926年4月19日《语丝》周刊第七十五期）

一觉

飞机负了掷下炸弹的使命，像学校的上课似的，每日上午在北京城上飞行。每听得机件搏击空气的声音，我常觉到一种轻微的紧张，宛然目睹了"死"的袭来，但同时也深切地感着"生"的存在。

隐约听到一二爆发声以后，飞机嗡嗡地叫着，冉冉地飞去了。也许有人死伤了罢，然而天下却似乎更显得太平。窗外的白杨的嫩叶，在日光下发乌金光；榆叶梅也比昨日开得更烂漫。收拾了散乱满床的日报，拂去昨夜聚在书桌上的苍白的微尘，我的四方的小书斋，今日也依然是所谓"窗明几净"。

因为或一种原因，我开手编校那历来积压在我这里的青年作者的文稿了；我要全都给一个清理。我照作品的年月看下去，这些不肯涂脂抹粉的青年们的魂灵便依次屹立在我眼前。他们是绰约的，是纯真的，——阿，然而他们苦恼了，呻吟了，愤怒，而且终于粗暴了，我的可爱的青年们！

野

草

　　魂灵被风沙打击得粗暴，因为这是人的魂灵，我爱这样的魂灵；我愿意在无形无色的鲜血淋漓的粗暴上接吻。漂渺的名园中，奇花盛开着，红颜的静女正在超然无事地逍遥，鹤唳一声，白云郁然而起……。这自然使人神往的罢，然而我总记得我活在人间。

　　我忽然记起一件事：两三年前，我在北京大学的教员预备室里，看见进来了一个并不熟识的青年[1]，默默地给我一包书，便出去了，打开看时，是一本《浅草》。就在这默默中，使我懂得了许多话。阿，这赠品是多么丰饶呵！可惜那《浅草》不再出版了，似乎只成了《沉钟》的前身。那《沉钟》就在这风沙洞中，深深地在人海的底里寂寞地鸣动。

　　野蓟经了几乎致命的摧折，还要开一朵小花，我记得托尔斯泰曾受了很大的感动，因此写出一篇小说来。但是，草木在旱干的沙漠中间，拚命伸长他的根，吸取深地中的水泉，来造成碧绿的林莽，自然是为了自己的"生"的，然而使疲劳枯渴的旅人，一见就怡然觉得遇到了暂时息肩之所，这是如何的可以感激，而且可以悲哀的事！？

---

1 并不熟识的青年，指冯至（1905－1993），直隶涿州（今属河北）人，诗人。

《沉钟》的《无题》——代启事——说："有人说：我们的社会是一片沙漠。——如果当真是一片沙漠，这虽然荒漠一点也还静肃；虽然寂寞一点也还会使你感觉苍茫。何至于像这样的混沌，这样的阴沉，而且这样的离奇变幻！"

　　是的，青年的魂灵屹立在我眼前，他们已经粗暴了，或者将要粗暴了，然而我爱这些流血和隐痛的魂灵，因为他使我觉得是在人间，是在人间活着。

　　在编校中夕阳居然西下，灯火给我接续的光。各样的青春在眼前一一驰去了，身外但有昏黄环绕。我疲劳着，捏着纸烟，在无名的思想中静静地合了眼睛，看见很长的梦。忽而惊觉，身外也还是环绕着昏黄；烟篆[1]在不动的空气中上升，如几片小小夏云，徐徐幻出难以指名的形象。

一九二六年四月十日。

　　（最初发表于1926年4月19日《语丝》周刊第七十五期）

---

1 烟篆，燃着的纸烟的烟缕，弯曲上升，好似篆字。

编纂后记

1963年，我从山东师院（现称山东师大）中文系毕业，与三位学兄一起到泰山脚下的山东省泰安教师进修学校（后来称为泰安半工半读师范专科学校——泰安工读师专，泰安师范专科学校——泰安师专。现称泰山学院）报到。那时，我21岁，身高1.7米，体重88斤。

后来才知道，毕业前夕，山师中文系冯光廉先生等好几位教研室主任一起向中文系领导建议让我留校任教，系领导也就同意，但因为种种原因，审查没有通过。

把我从中文系近两百名应届毕业生中挑出来送到高校任教的，是业师书新先生。那年，他从山东师院中文系副主任调任山东省泰安教师进修学校中文科并任科主任时，提出两个条件：一是泰安出一笔钱，让他到上海选购一批组建中文科资料室必需的图书杂志；二是挑选四个应届毕业生去泰安——于是，我就这样和三位学兄一起，不知不觉完成了从学生到教师的转换。

在泰安，我被分配到函授中文组教古代文学，从《诗经》的《七月》教到《牡丹亭》《红楼梦》的节选。我刚刚摸到一点点门径，1964年，又奉命改教现代文学。面对这种无法拒绝但又不知道如何应对的学校决定，我想起在山师教我们现代文选的书新先生。他笑嘻嘻地带我到济南向真正的现代文学专家田仲济先生请教——于是我因缘际会走进了中国现代文学这一决定了我一生命运的学术王国。

1973年暑假，被山东省教育厅军代表曹同志指令迁移到曲阜与曲阜师院合并的山东大学中文系现代文学教研室的诸位先生，邀请山东师院中文系现代文学教研室的同行，到曲阜研讨此时此刻的教学问题，书新先生被他在山师的同事邀请，他还带我同行。路上，山师的老师们建议泰安师专的现代文学教研组编写一部用鲁迅自己的话，说明鲁迅到底是个什么人的鲁迅语录。我们欣然赞同，回校后马上动手。

这本后来定名为《鲁迅生平自述辑要》的书稿，写得颇为艰难。主要是我的课时太多了，最多时每周三十节，即周一到周六，每上午四节，周一、三、五下午各两节，周二下午政治学习，周四下午业务学习，都是"雷打不动"的。记得我曾以课文《武松打虎》为例，参加集体备课。我当时以《矛盾论》为指导思想，把武松和老虎看作一对矛盾，开始时老虎是矛盾的主要方面，后来武松经过主观能动性的出色发挥，终于变被动为主动，转化为矛盾的主要方面，从老虎要吃掉武松转化为武松打死老虎——是矛盾"有条件转化"的好例证。这叫活学活用，当时很受夸奖。编书的时间，就只能安排在深夜。

1974年底，书编完了，出版又成为问题。原来是打算以《山东师范学院学报》增刊的名义印行，但书稿编成后，字数太多，增刊"吃不下"。于是山师的老师们推荐到山东人民出版社，好长时间也没有下文。直到1975年，事情才有了转机。这年10月25日，鲁迅的儿子周海婴根据胡乔木的建议给毛泽东主席写了一封信，请求出版鲁迅的全部著作。11月1日，毛主席批示："我赞成周海婴同志的意见。请将周信印发政治局，并讨论一次，作出决定，立即实行。"[1]国家出版事业管理局为此做出规

1 中共中央文献研究室，邓小平年谱（1975—1997），中央文献出版社2007年版，第124页。

划：立即着手出版《鲁迅日记》《鲁迅书信集》，重新编注《鲁迅全集》。中共中央和毛主席于1975年12月5日批准了这个规划。为具体贯彻这一重要指示，1976年4月，国家出版事业管理局在济南主持召开了鲁迅著作注释工作座谈会，传达并讨论毛主席的批示，有力地推动了工作的进展速度。1976年7月，《鲁迅日记》出版；8月，《鲁迅书信集》出版。经中共中央批准的鲁迅著作注释工作座谈会在济南召开，这是山东的大事兼喜事，当然最好是拿出一部鲁迅研究的著作，才对得起这样隆重的节庆。不知哪位先生说起我们这本搁置已久的书稿，据说领导当场就拍板，将其作为山东的重点书目推出。山东人民出版社要求我们充分利用新出版的《鲁迅日记》与《鲁迅书信集》，一则丰富若干细节，同时可以澄清若干人为的谜团与假象，尽量回归鲁迅生平与写作的本真面目。

　　1979年，这部"起死回生"的书，经过几年的打磨修改，终于由山东人民出版社推出。那时出书是没有稿费一说的，更没有什么"出版合同"。责任编辑向社领导打报告，以刘某家庭生活困难为由，申请到"生活补助费"600元。书新先生领到后，立马写信让我到山师去取。他刚刚调回济南，还住在学生宿舍楼底层一间拐角的房子里。我到他住处，只见他左顾右盼，确信四周没有人看见，才从盛面粉的小缸底部取出用报纸层层包裹的600元。然后说，这里不安全，到操场上去分吧。先是让我"站岗放哨"，他来点钱，然后他"望风"，让我"复查"。我拿到300元后，他叮嘱我要分成5份，分装在不同的口袋及人造革提包里带回泰安……

鉴于种种原因，我们没有以真名署为作者，而是化名为"舒汉"。"舒"字谐音书新的书，"汉"则取自先父为我取的原名"醒汉"。从那时到现在，很少有人知道这是我们师生合作的产物。

当我出版这第一部书的时候，吴福辉、钱理群、王富仁等略略年长于我的学者，还都是在读的学生；而今，他们在学术上的建树早已令我难以望其项背了。这部书，倒成了我出道早、进步慢的佐证！真令人浩叹天道之诡异。但也并不尽然。2006年，我到上海鲁迅纪念馆参观，馆里的李浩先生带我参观他们的一面展览墙，上面密密麻麻排列着各个时期出版的鲁迅研究著作。他指着《鲁迅生平自述辑要》对我说：这是新时期出版较早的一部书，可惜不知道作者。我不禁失笑起来，说这回他问对人了，作者之一，就是鄙人！他颇为吃惊，说这部书很有价值，应该重排再版。我也很兴奋，希望能够重新编排，以全新的面目，告慰书新先生。但联系了几家出版社，都未获出版机会——我只有再一次长叹。

前不久，老朋友魏建老师和济南出版社的编辑先后联系我，说济南出版社有给当下的青年读者编纂一本展现鲁迅自评其文学作品的读物的意向。我无法请教谢世多年的书新先生了，但自以为这样做应该符合已故先师的意愿，就答应下来。而且从1974年完成《鲁迅生平自述辑要》的初稿，到如今恰好五十个年头。五十年风雨兼程，半世纪岁月如歌——冥冥中好像是我从事鲁迅研究的开端与终点的回环照应，更可以看作自我生命的一番更新、一度升华！

当然，此番设想能否成为现实，除去自己的努力，特别是与出版方的精诚合作以外，四方师友的指导帮助，更是决定的关键。

衷心感谢玉成此事的魏建老师和济南出版社的编辑们。

刘增人
2024年12月